HÉSIODE ÉDITIONS

THÉOPHILE GAUTIER

Omphale

Hésiode éditions

© Hésiode éditions.

22 rue Gabrielle Josserand - 93500 Pantin.
ISBN 978-2-38512-238-6
Dépôt légal : Mars 2024

Impression Books on Demand GmbH

In de Tarpen 42
22848 Norderstedt, Allemagne

Omphale

Mon oncle, le chevalier de ***, habitait une petite maison donnant d'un côté sur la triste rue des Tournelles et de l'autre sur le triste boulevard Saint-Antoine. Entre le boulevard et le corps du logis, quelques vieilles charmilles, dévorées d'insectes et de mousse, étiraient piteusement leurs bras décharnés au fond d'une espèce de cloaque encaissé par de noires et hautes murailles. Quelques pauvres fleurs étiolées penchaient languissamment la tête comme des jeunes filles poitrinaires, attendant qu'un rayon de soleil vînt sécher leurs feuilles à moitié pourries. Les herbes avaient fait irruption dans les allées, qu'on avait peine à reconnaître, tant il y avait longtemps que le râteau ne s'y était promené. Un ou deux poissons rouges flottaient plutôt qu'ils ne nageaient dans un bassin couvert de lentilles d'eau et de plantes de marais.

Mon oncle appelait cela son jardin.

Dans le jardin de mon oncle, outre toutes les belles choses que nous venons de décrire, il y avait un pavillon passablement maussade, auquel, sans doute par antiphrase, il avait donné le nom de Délices. Il était dans un état de dégradation complète. Les murs faisaient ventre ; de larges plaques de crépi s'étaient détachées et gisaient à terre entre les orties et la folle avoine ; une moisissure putride verdissait les assises inférieures ; les bois des volets et des portes avaient joué, et ne fermaient plus ou fort mal. Une espèce de gros pot à feu avec des effluves rayonnants formait la décoration de l'entrée principale ; car, au temps de Louis XV, temps de la construction des Délices, il y avait toujours, par précaution, deux entrées. Des oves, des chicorées et des volutes surchargeaient la corniche toute démantelée par l'infiltration des eaux pluviales. — Bref, c'était une fabrique assez lamentable à voir que les Délices de mon oncle le chevalier de ***.

Cette pauvre ruine d'hier, aussi délabrée que si elle eût eu mille ans, ruine de plâtre et non de pierre, toute ridée, toute gercée, couverte de lèpre, rongée de mousse et de salpêtre, avait l'air d'un de ces vieillards précoces, usés par de sales débauches ; elle n'inspirait aucun respect, car il n'y a rien d'aussi laid et d'aussi misérable au monde qu'une vieille robe de gaze et un vieux mur de plâtre, deux choses qui ne doivent pas durer et qui durent.

C'était dans ce pavillon que mon oncle m'avait logé.

L'intérieur n'en était pas moins rococo que l'extérieur, quoiqu'un peu mieux conservé. Le lit était de lampas jaune à grandes fleurs blanches. Une pendule de rocaille posait sur un piédouche incrusté de nacre et d'ivoire. Une guirlande de roses pompon circulait coquettement autour d'une glace de Venise ; au-dessus des portes les quatre saisons étaient peintes en camaïeu. Une belle dame, poudrée à frimas, avec un corset bleu de ciel et une échelle de rubans de la même couleur, un arc dans la main droite, une perdrix dans la main gauche, un croissant sur le front, un lévrier à ses pieds, se prélassait et souriait le plus gracieusement du monde dans un large cadre ovale. C'était une des anciennes maîtresses de mon oncle, qu'il avait fait peindre en Diane. L'ameublement, comme on voit, n'était pas des plus modernes. Rien n'empêchait que l'on se crût au temps de la Régence, et la tapisserie mythologique qui tendait les murs complétait l'illusion on ne peut mieux.

La tapisserie représentait Hercule filant aux pieds d'Omphale. Le dessin était tourmenté à la façon de Van Loo et dans le style le plus Pompadour qu'il soit possible d'imaginer. Hercule avait une quenouille entourée d'une faveur couleur de rose ; il relevait son petit doigt avec une grâce toute particulière, comme un marquis qui prend une prise de tabac, en faisant tourner, entre son pouce et son index, une blanche flammèche de filasse ; son cou nerveux était chargé de nœuds de rubans, de rosettes, de rangs de perles et de mille affiquets féminins ; une large jupe gorge de pigeon, avec deux immenses paniers, achevait de donner un air tout à fait galant au héros vainqueur de monstres.

Omphale avait ses blanches épaules à moitié couvertes par la peau du lion de Némée ; sa main frêle s'appuyait sur la noueuse massue de son amant ; ses beaux cheveux blond cendré avec un œil de poudre descendaient nonchalamment le long de son cou, souple et onduleux comme un cou de colombe ; ses petits pieds, vrais pieds d'Espagnole ou de Chinoise, et qui eussent été au large dans la pantoufle de verre de Cendrillon, étaient chaussés de cothurnes demi-antiques, lilas tendre, avec un semis de perles. Vraiment elle était charmante ! Sa tête se rejetait en arrière d'un air de crânerie adorable ; sa bouche se plissait et faisait une délicieuse petite moue ; sa narine était légèrement gonflée, ses joues un peu allumées ; un assassin, savamment placé, en rehaussait l'éclat d'une façon merveilleuse ; il ne lui manquait qu'une petite moustache pour faire un mousquetaire accompli.

Il y avait encore bien d'autres personnages dans la tapisserie, la suivante obligée, le petit amour de rigueur ; mais ils n'ont pas laissé dans mon souvenir une silhouette assez distincte pour que je les puisse décrire.

En ce temps-là j'étais fort jeune, ce qui ne veut pas dire que je sois très vieux aujourd'hui ; mais je venais de sortir du collège, et je restais chez mon oncle en attendant que j'eusse fait choix d'une profession. Si le bonhomme avait pu prévoir que j'embrasserais celle de conteur fantastique, nul doute qu'il ne m'eût mis à la porte et déshérité irrévocablement ; car il professait pour la littérature en général, et les auteurs en particulier, le dédain le plus aristocratique. En vrai gentilhomme qu'il était, il voulait faire pendre ou rouer de coups de bâton, par ces gens, tous ces petits grimauds qui se mêlent de noircir du papier et parlent irrévérencieusement des personnes de qualité. Dieu fasse paix à mon pauvre oncle ! mais il n'estimait réellement au monde que l'épître à Zétulbé.

Donc je venais de sortir du collège. J'étais plein de rêves et d'illusions ; j'étais naïf autant et peut-être plus qu'une rosière de Salency. Tout heureux de ne plus avoir de pensums à faire, je trouvais que tout était pour le mieux dans le meilleur des mondes possibles. Je croyais à une infinité de choses ; je croyais à la bergère de M. de Florian, aux moutons peignés et poudrés à blanc ; je ne doutais pas un instant du troupeau de Mme Deshoulières. Je pensais qu'il y avait effectivement neuf muses, comme l'affirmait l'Appendix de Diis et Heroïbus du père Jouvency. Mes souvenirs de Berquin et de Gessner me créaient un petit monde où tout était rose, bleu de ciel et vert pomme. Ô sainte innocence ! sancta simplicitas ! comme dit Méphistophélès.

Quand je me trouvai dans cette belle chambre, chambre à moi, à moi tout seul, je ressentis une joie à nulle autre seconde. J'inventoriai soigneusement jusqu'au moindre meuble ; je furetai dans tous les coins, et je l'explorai dans tous les sens. J'étais au quatrième ciel, heureux comme un roi ou deux. Après le souper (car on soupait chez mon oncle), charmante coutume qui s'est perdue, avec tant d'autres non moins charmantes que je regrette de tout ce que j'ai de cœur, je pris mon bougeoir et je me retirai, tant j'étais impatient de jouir de ma nouvelle demeure.

En me déshabillant, il me sembla que les yeux d'Omphale avaient remué ; je regardai plus attentivement, non sans un léger sentiment de frayeur, car la chambre était grande, et la faible pénombre lumineuse qui flottait autour de la bougie ne servait qu'à rendre les ténèbres plus visibles. Je crus voir qu'elle avait la tête tournée en sens inverse. La peur commençait à me travailler sérieusement ; je soufflai la lumière. Je me tournai du côté du mur, je mis mon drap par-dessus ma tête, je tirai mon bonnet jusqu'à mon menton, et je finis par m'endormir.

Je fus plusieurs jours sans oser jeter les yeux sur la maudite tapisserie.

Il ne serait peut-être pas inutile, pour rendre plus vraisemblable l'invraisemblable histoire que je vais raconter, d'apprendre à mes belles lectrices qu'à cette époque j'étais en vérité un assez joli garçon. J'avais les yeux les plus beaux du monde : je le dis parce qu'on me l'a dit ; un teint un peu plus frais que celui que j'ai maintenant, un vrai teint d'œillet ; une chevelure brune et bouclée que j'ai encore, et dix-sept ans que je n'ai plus. Il ne me manquait qu'une jolie marraine pour faire un très passable Chérubin ; malheureusement la mienne avait cinquante-sept ans et trois dents, ce qui était trop d'un côté et pas assez de l'autre.

Un soir, pourtant, je m'aguerris au point de jeter un coup d'œil sur la belle maîtresse d'Hercule ; elle me regardait de l'air le plus triste et le plus langoureux du monde. Cette fois-là j'enfonçai mon bonnet jusque sur mes épaules et je fourrai ma tête sous le traversin.

Je fis cette nuit-là un rêve singulier, si toutefois c'était un rêve.

J'entendis les anneaux des rideaux de mon lit glisser en criant sur leurs tringles, comme si l'on eût tiré précipitamment les courtines. Je m'éveillai ; du moins dans mon rêve il me sembla que je m'éveillais. Je ne vis personne.

La lune donnait sur les carreaux et projetait dans la chambre sa lueur bleue et blafarde. De grandes ombres, des formes bizarres, se dessinaient sur le plancher et sur les murailles. La pendule sonna un quart ; la vibration fut longue à s'éteindre ; on aurait dit un soupir. Les pulsations du balancier, qu'on entendait parfaitement, ressemblaient à s'y méprendre au cœur d'une personne émue.

Je n'étais rien moins qu'à mon aise et je ne savais trop que penser.

Un furieux coup de vent fit battre les volets et ployer le vitrage de la fenêtre. Les boiseries craquèrent, la tapisserie ondula. Je me hasardai à regarder du côté d'Omphale, soupçonnant confusément qu'elle était pour quelque chose dans tout cela. Je ne m'étais pas trompé.

La tapisserie s'agita violemment. Omphale se détacha du mur et sauta légèrement sur le parquet ; elle vint à mon lit en ayant soin de se tourner du côté de l'endroit. Je crois qu'il n'est pas nécessaire de raconter ma stupéfaction. Le vieux militaire le plus intrépide n'aurait pas été trop rassuré dans une pareille circonstance, et je n'étais ni vieux ni militaire. J'attendis en silence la fin de l'aventure.

Une petite voix flûtée et perlée résonna doucement à mon oreille, avec ce grasseyement mignard affecté sous la Régence par les marquises et les gens du bon ton :

« Est-ce que je te fais peur, mon enfant ? Il est vrai que tu n'es qu'un enfant ; mais cela n'est pas joli d'avoir peur des dames, surtout de celles qui sont jeunes et te veulent du bien ; cela n'est ni honnête ni français ; il faut te corriger de ces craintes-là. Allons, petit sauvage, quitte cette mine et ne te cache pas la tête sous les couvertures. Il y aura beaucoup à faire à ton éducation, et tu n'es guère avancé, mon beau page ; de mon temps les Chérubins étaient plus délibérés que tu ne l'es.

— Mais, dame, c'est que…

— C'est que cela te semble étrange de me voir ici et non là, dit-elle en pinçant légèrement sa lèvre rouge avec ses dents blanches, et en étendant vers la muraille son doigt long et effilé. En effet, la chose n'est pas trop naturelle ; mais, quand je te l'expliquerais, tu ne la comprendrais guère mieux : qu'il te suffise donc de savoir que tu ne cours aucun danger.

— Je crains que vous ne soyez le… le…

— Le diable, tranchons le mot, n'est-ce pas ? c'est cela que tu voulais dire ; au moins tu conviendras que je ne suis pas trop noire pour un diable, et que, si l'enfer était peuplé de diables faits comme moi, on y passerait son temps aussi agréablement qu'en paradis. »

Pour montrer qu'elle ne se vantait pas, Omphale rejeta en arrière sa peau de lion et me fit voir des épaules et un sein d'une forme parfaite et d'une blancheur éblouissante.

« Eh bien ! qu'en dis-tu ? fit-elle d'un petit air de coquetterie satisfaite.

— Je dis que, quand vous seriez le diable en personne, je n'aurais plus peur, Madame Omphale.

— Voilà qui est parler ; mais ne m'appelez plus ni madame, ni Omphale. Je ne veux pas être madame pour toi, et je ne suis pas plus Omphale que je ne suis le diable.

— Qu'êtes-vous donc, alors ?

— Je suis la marquise de T... Quelque temps après mon mariage, le marquis fit exécuter cette tapisserie pour mon appartement, et m'y fit représenter sous le costume d'Omphale ; lui-même y figure sous les traits d'Hercule. C'est une singulière idée qu'il a eue là ; car, Dieu le sait, personne au monde ne ressemblait moins à Hercule que le pauvre marquis. Il y a bien longtemps que cette chambre n'a été habitée. Moi, qui aime naturellement la compagnie, je m'ennuyais à périr, et j'en avais la migraine. Être avec son mari, c'est être seule. Tu es venu, cela m'a réjouie ; cette chambre morte s'est ranimée, j'ai eu à m'occuper de quelqu'un. Je te regardais aller et venir, je t'écoutais dormir et rêver ; je suivais tes lectures. Je te trouvais bonne grâce, un air avenant, quelque chose qui me plaisait : je t'aimais enfin. Je tâchai de te le faire comprendre ; je poussais des soupirs, tu les prenais pour ceux du vent ; je te faisais des signes, je te lançais des œillades langoureuses, je ne réussissais qu'à te causer des frayeurs horribles. En désespoir de cause, je me suis décidée à la démarche inconvenante que je fais, et à te dire franchement ce que tu ne pouvais entendre à demi-mot. Maintenant que tu sais que je t'aime, j'espère que… »

La conversation en était là, lorsqu'un bruit de clef se fit entendre dans la serrure.

Omphale tressaillit et rougit jusque dans le blanc des yeux.

« Adieu ! dit-elle, à demain. » Et elle retourna à sa muraille à reculons, de peur sans doute de me laisser voir son envers.

C'était Baptiste qui venait chercher mes habits pour les brosser.

« Vous avez tort, monsieur, me dit-il, de dormir les rideaux ouverts. Vous pourriez vous enrhumer du cerveau ; cette chambre est si froide ! »

En effet, les rideaux étaient ouverts ; moi qui croyais n'avoir fait qu'un rêve, je fus très étonné, car j'étais sûr qu'on les avait fermés le soir.

Aussitôt que Baptiste fut parti, je courus à la tapisserie. Je la palpai dans tous les sens ; c'était bien une vraie tapisserie de laine, raboteuse au toucher comme toutes les tapisseries possibles. Omphale ressemblait au charmant fantôme de la nuit comme un mort ressemble à un vivant.

Je relevai le pan ; le mur était plein ; il n'y avait ni panneau masqué ni porte dérobée. Je fis seulement cette remarque, que plusieurs fils étaient rompus dans le morceau de terrain où portaient les pieds d'Omphale. Cela me donna à penser.

Je fus toute la journée d'une distraction sans pareille ; j'attendais le soir avec inquiétude et impatience tout ensemble. Je me retirai de bonne heure, décidé à voir comment tout cela finirait. Je me couchai ; la marquise ne se fit pas attendre ; elle sauta à bas du trumeau et vint tomber droit à mon lit ; elle s'assit à mon chevet, et la conversation commença.

Comme la veille, je lui fis des questions, je lui demandai des explications. Elle éludait les unes, répondait aux autres d'une manière évasive, mais avec tant d'esprit qu'au bout d'une heure je n'avais pas le moindre scrupule sur ma liaison avec elle.

Tout en parlant, elle passait ses doigts dans mes cheveux, me donnait de petits coups sur les joues et de légers baisers sur le front.

Elle babillait, elle babillait d'une manière moqueuse et mignarde, dans un style à la fois élégant et familier, et tout à fait grande dame, que je n'ai jamais retrouvé depuis dans personne.

Elle était assise d'abord sur la bergère à côté du lit ; bientôt elle passa un de ses bras autour de mon cou, je sentais son cœur battre avec force contre moi. C'était bien une belle et charmante femme réelle, une véritable marquise, qui se trouvait à côté de moi. Pauvre écolier de dix-sept ans ! Il y avait de quoi en perdre la tête ; aussi je la perdis. Je ne savais pas trop ce qui s'allait passer, mais je pressentais vaguement que cela ne pouvait plaire au marquis.

« Et monsieur le marquis, que va-t-il dire là-bas sur son mur ? »

La peau de lion était tombée à terre, et les cothurnes lilas tendre glacé d'argent gisaient à côté de mes pantoufles.

« Il ne dira rien, reprit la marquise en riant de tout son cœur. Est-ce qu'il voit quelque chose ? D'ailleurs, quand il verrait, c'est le mari le plus philosophe et le plus inoffensif du monde ; il est habitué à cela. M'aimes-tu, enfant ?

— Oui, beaucoup, beaucoup... »

Le jour vint ; ma maîtresse s'esquiva.

La journée me parut d'une longueur effroyable. Le soir arriva enfin. Les choses se passèrent comme la veille, et la seconde nuit n'eut rien à envier à la première. La marquise était de plus en plus adorable. Ce manège se répéta pendant assez longtemps encore. Comme je ne dormais pas la nuit, j'avais tout le jour une espèce de somnolence qui ne parut pas de bon augure à mon oncle. Il se douta de quelque chose ; il écouta probablement à la porte, et entendit tout ; car un beau matin il entra dans ma chambre si brusquement, qu'Antoinette eut à peine le temps de remonter à sa place.

Il était suivi d'un ouvrier tapissier avec des tenailles et une échelle.

Il me regarda d'un air rogue et sévère qui me fit voir qu'il savait tout.

« Cette marquise de T… est vraiment folle ; où diable avait-elle la tête de s'éprendre d'un morveux de cette espèce ? fit mon oncle entre ses dents ; elle avait pourtant promis d'être sage ! — Jean, décrochez cette tapisserie, roulez-là et portez-là au grenier. »

Chaque mot de mon oncle était un coup de poignard.

Jean roula mon amante Omphale, ou la marquise Antoinette de T…, avec Hercule, ou le marquis de T…, et porta le tout au grenier. Je ne pus retenir mes larmes.

Le lendemain, mon oncle me renvoya par la diligence de B… chez mes respectables parents, auxquels, comme on pense bien, je ne soufflai pas mot de mon aventure.

Mon oncle mourut ; on vendit sa maison et les meubles ; la tapisserie fut probablement vendue avec le reste.

Toujours est-il qu'il y a quelque temps, en furetant chez un marchand de bric-à-brac pour trouver des momeries, je heurtai du pied un gros rouleau tout poudreux et couvert de toiles d'araignée.

« Qu'est cela ? dis-je à l'Auvergnat.

— C'est une tapisserie rococo qui représente les amours de madame Omphale et de monsieur Hercule ; c'est du Beauvais, tout en soie et joliment conservé. Achetez-moi donc cela pour votre cabinet ; je ne vous le vendrai pas cher, parce que c'est vous. »

Au nom d'Omphale, tout mon sang reflua sur mon cœur.

« Déroulez cette tapisserie », fis-je au marchand d'un ton bref et entrecoupé comme si j'avais la fièvre.

C'était bien elle.

Il me sembla que sa bouche me fit un gracieux sourire et que son œil s'alluma en rencontrant le mien.

« Combien en voulez-vous ?

— Mais je ne puis vous céder cela à moins de quatre cents francs, tout au juste.

— Je ne les ai pas sur moi. Je m'en vais les chercher ; avant une heure je suis ici. »

Je revins avec l'argent ; la tapisserie n'y était plus. Un Anglais l'avait marchandée pendant mon absence, en avait donné six cents francs et l'avait emportée.

Au fond, peut-être vaut-il mieux que cela se soit passé ainsi et que j'aie gardé intact ce délicieux souvenir. On dit qu'il ne faut pas revenir sur ses premières amours ni aller voir la rose qu'on a admirée la veille.

Et puis je ne suis plus assez jeune ni assez joli garçon pour que les tapisseries descendent du mur en mon honneur.